uBourg.

LA

CONFRÉRIE DES PÉNITENTS BLEUS

DE TOULOUSE

ET

SON LIVRE DES ROIS

Il y a quelques années, les circonstances me procurèrent une de ces bonnes fortunes qui ne couronnent que trop rarement les recherches des archéologues, et dont je vous demande la permission de vous entretenir aujourd'hui. Je fus mis en rapport avec un brave ouvrier, qui me raconta son histoire et consentit à me confier pendant quelques jours un trésor précieux dont il avait la garde. Cet homme était le dernier membre de la confrérie royale des Pénitents bleus de Toulouse, et ce trésor n'était autre que les archives de cette illustre Compagnie. Que sont devenus, depuis lors, ces précieux documents? Je n'ai pu parvenir à le découvrir, quelque soin que j'aie pu prendre pour suivre leurs traces et savoir entre les mains de qui ils étaient tombés.

Les notes que je pris alors vont me permettre de reconstituer en partie les indications contenues dans ces documents, et, si ce travail ne fait pas disparaître les regrets que doit nous causer leur perte, il servira, du moins, à en porter quelqu'une des richesses à votre connaissance, et pourra présenter un certain intérêt au point de vue de notre histoire locale.

Institution qui disparaît de nos jours, comme tant d'autres, et dont à peine quelques vestiges subsistent encore dans certaines villes de notre Midi, les confréries de pénitents eurent, à leur origine et même pendant la plus grande partie de leur existence, un très grand lustre et une remarquable popularité. Notre génération, qui ne comprend guère que les entreprises matérielles, et ne sait, en général, s'associer que pour gagner de l'argent, doit autre chose que le sourire du mépris à ces hommes, qui se réunissaient pour prier, faire pénitence, et s'entr'aidaient à pratiquer les vertus chrétiennes et à faire le bien.

Les détails que je vais donner ne feront que compléter ceux qui sont contenus dans l'*Histoire de la royale Compagnie de Messieurs les Pénitents bleus de Toulouse*, par *maistre Jean-François Thouron, docteur en médecine et sindic de la même compagnie* (Toulouse, J. Jean Boude le Jeune, 1688).

Quoique, dans les siècles précédents, il eût existé des congrégations de fidèles pratiquant en commun les exercices de la piété et de la mortification chrétiennes, et que les tiers ordres de Saint-Dominique et de Saint-François soient parfois désignés dans les anciens documents sous la dénomination de *Frères de la pénitence*, ce ne fut qu'à la fin du seizième siècle que se constituèrent les confréries des pénitents dont nous nous occupons ici. En face des progrès de la Réforme, qui menaçait d'anéantir la foi catholique, et du sensualisme de la Renaissance, qui semblait ramener la société d'alors aux mœurs du paganisme, des chrétiens fervents sentirent le besoin de réagir contre ces dangers, et, répondant à l'appel de l'église, pour désarmer la colère de Dieu par la prière et la pénitence, ils résolurent de se consacrer, d'une manière permanente, à cette œuvre d'expiation. Ce fut à la suite du grand jubilé de 1575 que plusieurs personnes notables de la ville de Toulouse s'assemblèrent dans la chapelle du collège Saint-Martial, et se concertèrent sur les moyens à prendre pour mettre leurs pieux desseins à exécution.

A leur demande, le père Edmond Auger, jésuite et confesseur du roi Henri III, dressa des statuts que nous allons résumer brièvement, et qui, approuvés par le cardinal d'Armagnac, archevêque de Toulouse, furent confirmés par les papes Grégoire XIII (1578) et Clément VIII (1594), qui enrichirent la confrérie de nombreuses faveurs spirituelles.

Après avoir prescrit les différentes enquêtes que devaient faire les quatre consulteurs de la Compagnie sur les candidats et le mode d'admission de ces derniers, les statuts règlent « que l'habillement sera de » couleur bleue, tendant sur le violet, pour mieux représenter le deuil

» de la pénitence, ainsi que les prélats et princes sont ordinaire-
» ment èz jours des advent et charesme; la matière sera de trélis
» d'Allemaigne, la ceinture de mesme couleur, avec un dixain blanc,
» qu'ils apporteront sans aucune pompe ni superfluité; et les habits
» seront faicts par un costurier exprès, tout d'une façon, sans plis,
» bords ny soie; et, sur la mamelle gauche, chascun portera une petite
» image de saint Hiérosme, en parchemin, bien peinct en ouvale, de
» la largeur de 2 à 3 testons en carré. » — C'est de cet habit que le
nouveau pénitent était revêtu, en pleine assemblée, par les mains du
prieur, après avoir pieusement écouté « la briefve remonstrance de ce
» dernier, » et prêté le serment « de fidèlement garder les statuts de
» la confrérie et de tenir secret tout ce qui se fera en icelle. » — Tous
les ans, le 29 septembre, veille de la fête de saint Jérôme, leur patron,
les confrères élisaient le prieur et le vice-régent; ces dignitaires « de-
» voient estre des personnes verthueuses, de singulière prudence et
» autorité, à qui tous estoient tenus d'obéir pour l'amour de Jésus-
» Christ, et qui avoient la charge totale de la compagnie. » Ils étaient
assistés par un conseil composé de quatre censeurs, « de bonne vie,
» affectionnés à la pénitence et gens de qualité, » d'un syndic trésorier
et d'un maître de chapelle; ces conseillers étaient également élus par
les confrères, ainsi que les autres officiers de la Compagnie, tels que les
maîtres des cérémonies, les marguilliers, le sacristain, le secrétaire et
les dixainiers.

Nous trouvons exposées ensuite les obligations des confrères pour
leur manière de vivre personnelle : ils devaient « garder diligemment
» les commandements de Dieu et de son église, les enseigner à leurs
« domestiques, amis et parents, » s'approcher des sacrements à certaines
fêtes de la Confrérie, et enfin « s'abstenir de toutes sortes de pompes,
» dissolutions, mauvaises compaignies et jurements, » viennent ensuite
les articles réglementant les exercices de piété et de pénitence, qui devaient être faits en commun à certains jours de l'année. La Compagnie
devait sortir deux fois par an, en procession solennelle, dans les rues
de la ville : le jeudi-saint, « après ténèbres et la discipline, environ
» les sept heures du soir, » les pénitents, vêtus de leurs sacs, pieds
nus, portant chacun une torche bleue, visitaient les *monuments* des prin-

cipales églises ; le dimanche , dans l'octave de la Fête-Dieu , ils accompagnaient en pompe, pieds nus et un cierge blanc à la main , le saint sacrement, qui restait exposé pendant huit jours dans leur chapelle.

Quand un pénitent était malade, le prieur devait lui procurer les soins temporels et spirituels nécessaires, et, s'il venait à mourir, il était porté au lieu de sa sépulture, le visage découvert et les pieds nus, par six de ses confrères, et accompagné de tous les autres, revêtus de leurs sacs. Les membres de la Confrérie avaient enfin à ajouter à leurs exercices de piété les œuvres de la charité chrétienne ; ils devaient s'informer des malheureux détenus dans les prisons de la ville, « huit jours avant les » reddes, afin de trouver moyen d'en deslivrer quelqu'un des plus indi- » gens. » Une autre de leurs œuvres consistait à former, par leurs offrandes, une caisse destinée à fournir les dots de quelques pauvres jeunes filles , dont la Confrérie faisait célébrer les noces après l'octave de Pâques ; chaque vendredi des quatre-temps, les pénitents devaient « visi- » ter les prisons et les hopitaux et y faire leurs aumosnes. »

Approuvée et constituée par l'autorité ecclésiastique, la confrérie des Pénitents bleus de Toulouse fut officiellement reconnue par des lettres patentes de Louis XIV, datées de Versailles (novembre 1657) et enregistrées au Parlement de Toulouse le 6 avril de l'année suivante.

Thouron et les autres historiens de Toulouse nous apprennent que les Bleus se réunirent tout d'abord dans la chapelle du collège Saint-Martial. Bientôt après, désirant avoir un édifice qui leur appartînt au propre, ils obtinrent du grand commandeur de l'Ordre de Saint-Antoine de Vienne la cession d'une chapelle qu'il possédait au pré de Montardy , et qu'ils agrandirent considérablement. Les religieux de Saint-Antoine, ayant voulu rentrer en jouissance de cette chapelle, donnèrent aux pénitents une indemnité de 27,000 livres (1621). Ces derniers employèrent cette somme à l'achat d'une maison , appelée le Logis de la Pomme, et sur l'emplacement de laquelle ils résolurent d'élever une église pour y établir définitivement le siège de leur confrérie. La première pierre de cet édifice fut posée, le 30 juin 1622, par Louis XIII, qui était alors de passage à Toulouse, et qui, l'année précédente, s'était fait enrôler dans la confrérie des Pénitents, comme nous aurons l'occasion de le dire tout à l'heure. Ce fait est rappelé par l'inscription qui se trouve sur la

porte d'entrée de l'église Saint Jérôme (du côté de la rue Duranti), et
que nous transcrivons ici :

D · O · M · DICATVM
ET · S · HIERONYMI · MEMORIÆ ·
ALTER · AB · VNDECIMO · LODOICVS · NOMINE · IVSTVS ·
POST · DEBELLATOS · TERRAQVE · MARIQVE · REBELLES ·
ADDENS · SE · REGNI · CVM NOBILITATE · SODALEM ·
COERVLEA · SVB VESTE · TVIS · HIERONYME · SACRIS ·
QVA · DEXTRA · HÆRETICAS · IN · PRÆCEPS · IMPVLIT · ARCES ·
HAC · POSVIT · PRIMO · TEMPLI · FVNDAMINA · SAXO ·

Cet édifice, qui témoigne plutôt de la magnificence, de la libéralité et
de la prospérité de la confrérie des Pénitents, que du sentiment religieux
qui a présidé à la conception de cette œuvre architecturale, fut bâti sur
les plans envoyés de Paris par M. de Bélabar, maître des requêtes au
Parlement et confrère; sa construction fut terminée en 1625.

C'était une puissante et illustre Compagnie que cette confrérie des
Pénitents bleus de Toulouse, qui portait fièrement son titre de *royale*, et
où les plus grands personnages de la ville et même du royaume se fai-
saient honneur de s'enrôler. Au milieu de ses archives se trouve, soi-
gneusement enfermé dans un étui en fer, un magnifique in-folio portant,
inscrit sur une riche couverture fleurdelisée, le titre solennel de *Livre
des rois*. L'étude de ce précieux manuscrit, qui serait si bien placé dans
une des bibliothèques de la ville ou dans un de nos dépôts d'archives,
et qui, je le crains, ne laissera d'autres vestiges que ces quelques li-
gnes, va nous redire tous les fastes du passé de la Confrérie. Nous
allons, si vous le voulez bien, le feuilleter ensemble, et jeter successi-
vement un coup d'œil sur chacune de ces pages en parchemin, où le
pinceau du peintre et la plume du littérateur rivalisaient pour rendre
ce volume digne de son titre.

Sur la première page est inscrit, en lettres rouges, le titre suivant :
« Livre des statutz de la compagnie de Sainct Hiérosme, avec la confir-
» mation d'iceulx donnée par les Saincts Pères, contenant ensemble les
» noms des confrères d'icelle, esrigée en l'année M.D.LXXV. » Le tout

est encadré dans un portique élégant, dessiné à la plume, et portant à sa partie supérieure les armoiries de la Compagnie : *d'azur à un lion d'or léchant son pied percé d'une épine*, avec la devise : *Sana me, Domine.* Au-dessous de cette œuvre, d'une exécution vraiment remarquable, se trouve la signature de son auteur : « *J. Galendus faciebat, anno* 1604. »

A la deuxième page, nous trouvons un dessin, également à la plume, représentant saint Jérôme au pied de la croix, appuyé sur un lion, et lisant dans un livre sur lequel nous lisons ce verset de l'Apocalypse : « *Memor estò undè recideris, primò opera fac ; sin autem veniam tibi et movebo* » *candelabrum tuum de loco, nisi pœnitentiam egeris...* » Ce fut le même artiste, membre sans doute de la Confrérie, qui dessina cette seconde page, car, à sa partie inférieure, nous lisons la mention : « *Divo Hiero-* » *nymo dicabat J. Galendus* 1604. »

Les pages suivantes contiennent la copie des lettres patentes, des statuts et des approbations pontificales dont il a été question plus haut. Un assez grand nombre de feuilles laissées en blanc à la suite de celles-ci prouvent que les confrères avaient l'intention d'y faire inscrire, dans la suite, leurs principaux titres et documents, à mesure qu'ils viendraient s'ajouter aux premiers.

La deuxième partie de ce volume est la plus importante ; elle porte le titre de : « Réception des rois et des princes dans la Compagnie. »

Louis XIII, revenant du siège de Montauban, fit, le 24 novembre 1621, son entrée solennelle à Toulouse, où il séjourna quelques jours dans le palais archiépiscopal. Avant son départ, il consentit à se faire recevoir dans la confrérie des Pénitents bleus de Toulouse. La cérémonie se fit, le 23 novembre, dans la chapelle de l'archevêché. Claude Duverger, évêque de Lavaur et prieur de la Confrérie, reçut le roi, lui présenta la plume, avec laquelle le nouveau pénitent inscrivit son nom sur le registre, à la suite du procès-verbal de réception. Cette signature devint le motif et le centre d'une charmante enluminure exécutée quelques années après par un artiste de la Confrérie. Le roi est représenté à genoux sur un prie-Dieu, tenant un livre à la main ; il est revêtu du sac bleu des pénitents ; sur le sol sont déposés son sceptre et sa couronne ; au-dessus de sa tête, un ange s'envole emportant une banderolle qui contient la signature royale. Au bas de cette composition, on lit les deux vers suivants, qui en expliquent, dans le goût du temps, le symbolisme :

« Cœruleâ dùm in veste Deum Lodoicus adorat,
» Cœrula, quod scripsit nomen ad astra volat. »

Dans l'angle inférieur se trouvent inscrits le nom de l'auteur et la date de cette peinture : « *Divo Hieronymo dicabat J. J. Gualyius.* — » *Febr.* 1626. »

L'exemple de Louis XIII avait été suivi par un grand nombre de princes et de seigneurs de la cour. Nous lisons dans Dom Vaissete que, lors de son second séjour à Toulouse, en 1622, le roi n'oublia pas sa qualité de confrère. Le 3 juillet, il se rendit aux vêpres solennelles, qui furent chantées dans la chapelle des Pénitents bleus ; après cette cérémonie, il assista au défilé de la procession de ces derniers, qui se rendit à l'église de Notre-Dame du Taur, et dans laquelle figuraient, sous leurs sacs bleus, Monsieur, frère du roi, le duc de Vendôme, le grand prieur de France, le prince de Joinville, le duc d'Elbœuf, le comte d'Harcourt et une foule d'autres seigneurs. Ce fut dans cette circonstance que Louis XIII posa la première pierre de la nouvelle église, contrairement à l'opinion de Catel et de Thouron, qui fixent la date de cette cérémonie au 30 mars 1622.

La haute distinction que Louis XIII avait accordée à la compagnie des Pénitents bleus de Toulouse, en s'y enrôlant et en acceptant d'en être le protecteur, établit une sorte de tradition que la piété des rois, ses successeurs, tint à perpétuer et un privilège honorifique que la confrérie n'eut garde de laisser tomber en désuétude. Quand un roi ou un prince du sang arrivait pour la première fois à Toulouse, le prieur ou le vice-régent venait lui présenter le *Livre des rois* et le prier de suivre le pieux exemple de ses prédécesseurs en se revêtant du sac de la pénitence et en apposant sa signature sur le royal registre. La suite du livre va nous montrer que ces requêtes furent toujours favorablement accueillies et nous raconter ces mémorables réceptions, dont nous transcrirons les procès-verbaux à la fin de cette étude.

Le 19 octobre de l'année 1659, Louis XIV se trouvait à Toulouse et se rendit, pour la cérémonie de sa réception, dans cette chapelle dont son

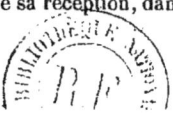

père avait jadis posé la première pierre. Le style solennel dont s'est servi, pour rédiger le procès-verbal de la cérémonie, messire Simon de Peyronet, docteur en théologie, chanoine de Montauban, recteur de l'église de Notre-Dame du Taur, prométropolitain du diocèse de Toulouse et vice-prieur de la Confrérie, semble refléter la majesté du grand roi : il nous le montre reçu à la porte de l'église par la procession des pénitents, précédés de leur croix, s'avançant au milieu des concerts et des symphonies, et, après l'adoration du Crucifix et l'audition de la messe, se rendant, escorté par les confrères et les grands de sa cour, dans la tribune ; là, après avoir rempli toutes les prescriptions des statuts, il reçut pieusement sur ses épaules le sac de pénitent et inscrivit son nom « glorieux » sur le registre. Cette cérémonie avait pour témoins Anne d'Autriche, Philippe de Bourbon, duc d'Anjou, Armand de Bourbon, prince de Conti, et un grand nombre d'autres princes et seigneurs.

Sur la page suivante se trouve une peinture analogue à la précédente comme disposition, mais inférieure au point de vue artistique, où Louis XIV est représenté sous son sac de pénitent et au bas de laquelle est écrit le distique suivant :

> « Cærulea ut vestis, pietas è corde Paterno
> » Fluxit, at æthereos sic redit aucta choros. »

Cette composition n'est ni signée ni datée.

Le procès-verbal suivant, rédigé par François de Catelan, chanoine de l'église abbatiale de Saint-Pierre de Moissac, conseiller-clerc au Parlement de Toulouse, nous fait assister à la réception de Louis, duc de Bourgogne, et de Charles, duc de Berry, fils du Dauphin. Ces princes, à leur retour d'Espagne, où ils avaient accompagné leur frère Philippe V, s'arrêtèrent à Toulouse et exprimèrent le désir de marcher sur les traces de leurs ancêtres et de s'enrôler dans la royale confrérie des Pénitents bleus. Les deux frères furent reçus et revêtus du sac, les 16 et 17 février 1701, par « l'illustre et révérend Jean-Baptiste-Michel Colbert, archevêque de Toulouse et confrère, » en présence de messire de Percin, seigneur de Seilh, vice-prieur, de messire de Boyer, syndic général en Languedoc, de maître Arnald Brocour, prêtre, prévôt de la Confrérie, et de maître J.-F. Thouron, syndic (l'auteur de l'histoire de la Confrérie citée plus haut). On se contenta dans la suite d'encadrer les signatures des deux princes dans des guirlandes de fleurs.

En l'année 1757, Louis XV, à son tour, s'enrôla dans la Confrérie avec son fils Louis, dauphin de France : tous deux inscrivirent leurs noms sur le *Livre des rois* (10 septembre). Quelques jours plus tard, le 26 octobre, en présence du Parlement et des capitouls, une messe solennelle fut célébrée dans la chapelle des Pénitents, à l'issue de laquelle le roi et le dauphin furent reçus, avec toutes les cérémonies requises, dans la Confrérie. La page où était apposée la signature de Louis XV manque, enlevée sans doute pour être confiée à l'artiste chargé de l'exécution de la peinture et égarée ou soustraite dans la suite. Sur celle qui suit est représenté le dauphin à genoux et recouvert de son sac. Cette peinture, très soignée, mais se ressentant du goût prétentieux de la fin du dix-huitième siècle, n'est pas signée.

Dix ans plus tard, la Confrérie faisait de nouvelles recrues dans le sein de la famille royale. Mais cette fois la cérémonie n'avait plus lieu à Toulouse. Le vice-prieur, Jean-Baptiste de Latour-Saint-Paulet, chanoine de Castres, s'était rendu à Compiègne porteur du *Livre des rois*, qu'il venait présenter à la signature des petits-fils de Louis XV. Nous lisons en effet les comptes rendus de la réception du dauphin Louis et de celle de ses frères, Louis-Stanislas-Xavier et Charles-Philippe. Cette cérémonie fut célébrée, le 12 septembre 1767, dans le château royal, en présence du duc de La Vauguyon, gouverneur, et de monseigneur de Coestloquet, précepteur des princes. Sous la Restauration, les deux premières de ces signatures furent encadrées dans des aquarelles très remarquables comme finesse d'exécution ; dans la première de ces œuvres, l'artiste anonyme a eu l'heureuse pensée de mettre dans les mains de l'ange, avec le seing de celui qui fut Louis XVI, une palme de martyr, et, devant les yeux du prince, recouvert de son sac de pénitent, un tombeau sous un saule. On ne peut s'empêcher d'être ému en arrêtant ses regards sur cette page du registre : c'était bien le *pénitent* dans toute l'acceptation du mot, ce roi qui, pour monter au ciel, devait passer par la Tour du Temple et la plateforme de l'échafaud et mourir victime expiatoire pour des crimes qu'il n'avait pas commis.

2

Après avoir parcouru cette galerie de rois recouverts des insignes de la pénitence, jetons un coup d'œil sur le dernier registre des délibérations du Conseil des *Trente*, établi dans la compagnie royale de MM. les Pénitents bleus de Toulouse.

Le 30 juin 1782, le conseil adressa à son prieur, M. de Chabrillant, un mémoire réclamant pour la Confrérie le maintient de sa préséance sur les Pénitents noirs et le privilège exclusif *d'avoir deux Suisses à la livrée du roi*. Dans cette même séance, on s'occupa du service solennel qui devait être célébré, le 5 juillet, « pour MM. Garipuy père et fils. La » Compagnie ayant presté sa chapelle à l'Académie des arts, il convien- » droit de réserver la faculté de faire entrer les confrères dans les ga- » leries et de demander des billets d'entrée pour les principaux offi- » ciers. »

En 1783, nous voyons le conseil nommer une délégation pour se rendre à l'invitation de MM. les Pénitents bleus de Lombez et assister à la procession séculaire que ces derniers font en l'honneur du saint sacrement.

A la veille de sa disparition, il est facile de voir que la Confrérie n'était plus animée du même esprit que dans ses premiers jours. Ses membres n'accomplissaient plus avec la même exactitude les prescriptions des statuts et supportaient avec une répugnance marquée les sévères livrées de la pénitence telles que les avaient établies les fondateurs. C'est ce que nous pouvons constater dans le procès verbal de la séance du 28 décembre 1787. Nous y voyons en effet M. Desclaux, syndic, exposer « que depuis longtemps il s'estoit aperçu qu'il régnait dans » les processions et autres actions d'éclat de la Compagnie une bigar- » rerie indécente dans la couleur des sacs, ce qui jettait un grand ridi- » cule sur nous et nous exposait toujours aux brocards du public, et » que, pour obvier à cela, il proposoit de prendre le sac blanc, en con- » servant le cordon bleu, en suivant l'exemple que nous ont donné nos » frères, les Pénitents bleus de Montpellier, de Nismes, de Béziers et » d'Avignon ; que la plus forte raison qui authorize le sindic à faire » ceste proposition, sont les inconvénients et évènements fâcheux qui » peuvent résulter des sacs bleus ; en ce que la Compagnie en a un » certain nombre qu'elle preste aux confrères qui n'en ont pas et dont

» la pluspart répugnent à mettre sur leurs figures un voile qui, par son
» fréquent usage, à raison de la teinture, peut produire des effets très-
» sinistres, ce qui n'est pas à craindre avec les sacs blancs, que l'on
» peut blanchir à chaque instant. » Le Conseil s'empressa d'adhérer à
la proposition de son syndic et chargea ce dernier de faire homologuer
par la grand'Chambre cette modification aux règlements de la Confrérie.
Il fut de plus délégué pour aller communiquer cette décision à toutes
les autres compagnies de Pénitents de la ville, en les invitant à adopter
une mesure analogue, « condescendence, » est-il dit dans le procès-
verbal, « qui mettrait le comble à notre satisfaction et nous rendrait
» tous uniformes pour la couleur, comme nous le sommes déjà dans
» nos principes et dans nos cœurs. »

Du reste, quelques liasses de documents, conservées dans les an-
ciennes archives de l'archevêché de Toulouse viennent nous apprendre
que, dans la dernière période de son existence, la confrérie des Pénitents bleus ne jouissait plus d'un grand crédit auprès de l'autorité dio-
césaine, témoins les nombreuses mesures de rigueur prises contre elle.
En 1774, après un premier interdit de la chapelle, dont nous ignorons
la cause, les vicaires généraux ayant appris que, malgré cet arrêt, on y
avait célébré la messe et donné la bénédiction, prescrivirent de trans-
porter solennellement le saint sacrement dans la chapelle des religieuses
de Saint-Pantaléon. Nous trouvons ensuite une remontrance du promoteur diocésain rappelant l'ordonnance du 8 juin 1759, par laquelle il
était interdit aux pénitents de la ville de Toulouse d'avoir de la musique
dans leurs processions, soit dans les stations, soit dans leur chapelle, et
exposant qu'au mépris de cette défense « il avait été exécuté, le jeudi-
» saint, dans la chapelle des Pénitents bleus, plusieurs morceaux de
» musique qui y ont attiré un grand concours de peuple et causé le
» plus grand scandale par les indécences de tout genre qui y ont été
» commises, sans que la présence du très saint sacrement exposé à
» l'adoration des fidèles ait pu contenir cette multitude tumultueuse. »
A la suite de ce rapport, les vicaires généraux rendirent, le 25 mars
1780, une ordonnance qui interdisait la chapelle des Pénitents bleus
jusqu'à l'année suivante. Cet interdit fut levé, peu de temps après, grâce
à quelques puissantes interventions ; mais ce ne fut pas la dernière tra-

verse qu'eut à subir la Confrérie. Le 18 juin 1789, le promoteur diocésain faisait une nouvelle plainte contre les Pénitents bleus ; il remon-
trait qu'au mépris des ordonnances qui fixaient à sept heures du soir
la fin de tous les exercices religieux dans les églises du diocèse,
MM. les Pénitents bleus avaient prolongé leur procession du dimanche
de la Fête-Dieu bien avant dans la soirée, et qu'ils étaient rentrés dans
leur chapelle « pelle melle et sans ordre, » après huit heures. En con-
séquence de cette plainte, les vicaires généraux de Mgr de Fontanges,
archevêque de Toulouse, rendirent, le lendemain, une ordonnance qui
interdisait la chapelle pendant trois mois, et qui fut notifiée par huissier
au régent de la confrérie, et affichée par ses soins dans la sacristie.

Ces événements nous amènent à la période de la Révolution, qui em-
porta dans son tourbillon cette Confrérie avec les débris de tant d'autres
institutions du passé. Vers la fin du mois d'août 1791, l'aumônier, ayant
refusé de prêter le serment à la Constitution, la chapelle fut fermée. Le
3 mars 1793, *le citoyen Boyer, trésorier de la cy-devant confrérie*, remettait
ses comptes et sa caisse aux délégués de la municipalité de Toulouse :
les recettes de l'année ne s'étaient élevées qu'à la somme de 62 l. 2 s. 6 d.,
et les dépenses à 195 l. 10 s. 6 d. ; la caisse contenait une somme de
3420 l., qui fut versée dans le trésor public.

Nous lisons dans l'*Histoire de Toulouse*, par Dumège, comment la chapelle des Pénitents bleus devint, pendant la tourmente révolutionnaire,
le *temple Décadaire*, et servit aux cérémonies odieuses et ridicules du
culte officiel de cette période. Quand cet édifice fut rendu au culte catholique, l'autorité ecclésiastique y a établi une paroisse, sous le vocable
de saint Jérôme, le patron de l'ancienne Confrérie.

Sous la Restauration, on tenta de reconstituer l'antique Compagnie
des Pénitents bleus de Toulouse (1), et on décerna la dignité de prieur

---

(1) Le 22 avril 1822, Monseigneur l'archevêque de Toulouse adressa aux fidèles un
mandement pour notifier le rétablissement de l'ancienne confrérie des Pénitents bleus
de Toulouse. L'année suivante. le syndic-trésorier demanda la restitution du *Livre des
rois* qui, depuis 1794, était conservé dans la bibliothèque de la ville ; le conseil munici-
pal, par sa délibération du 19 mars 1823, autorisa la remise de ce manuscrit, qui fut
délivré par le bibliothécaire sur reçu du marquis de Caumels, agissant au nom de la
Compagnie.

au roi Louis XVIII, qui, comme nous l'avons vu, en faisait partie depuis
1767. Mais, l'esprit de foi et de piété, qui avait été la base de cette
institution, était trop peu répandu à cette époque pour que cette ten-
tative pût amener des résultats bien sérieux et bien durables. Dans les
dernières pages du registre, nous ne trouvons à mentionner que la délibération du 13 janvier 1825, dans laquelle il fut décidé que, le 19 du
même mois, la Confrérie « ferait célébrer une messe pour l'âme de Sa
» Majesté Louis XVIII, confrère et ancien Prieur de la compagnie, qu'on
» n'aurait pas de musique, mais une messe en faux bourdons, chantée
» par les meilleurs chantres de la ville, et qu'on emploierait le surplus
» de la somme allouée à élever un monument funèbre, aussi digne que
» possible, de l'objet auquel il se rapporte. » S. E. M\gr de Clermont-
Tonnerre, cardinal archevêque de Toulouse, invité à assister à la cérémonie, fit observer que « les Pénitents bleus, ayant été devancés par
» d'autres compagnies pour ce service qui leur revenait de droit, »
devraient se réserver pour l'anniversaire : proposition qui fut adoptée
par le conseil.

A partir de cette époque, le registre ne contient plus que les procès-
verbaux insignifiants de réunions qui ne se tenaient plus régulièrement.
La vie ne résidait plus dans la Confrérie ; son recrutement ne tarda pas
à se ralentir ; bientôt, les vides que la mort faisait dans ses rangs ne se
comblèrent plus. Réduits à un très petit nombre, les confrères, subsis-
tant encore le 6 mai 1858, se réunirent pour constater officiellement la
fin d'une institution, qui n'existait plus que de nom depuis bien des
années ; les fonds qui restaient dans sa caisse furent distribués aux
confrères nécessiteux et ses archives, avec son magnifique *Livre des rois*,
passèrent, de mains en mains, jusqu'au dernier survivant. Aujourd'hui,
la mort a complété son œuvre et a dispersé les derniers vestiges de
cette Confrérie, qui avait tenu une place d'honneur dans le passé de
notre ville, et dont les souvenirs m'ont paru dignes de fixer un instant
votre attention.

Procès-verbaux de réceptions dans la Confrérie des Pénitents bleus de Toulouse extraits du Livre des rois.

1° **Louis XIII.**

Nos, Claudius Duvergier, Episcopus Vaurensis, sacri consistori consiliarius, notum facimus placuisse Christianissimo Ludovico Justo, Galliæ et Navarræ regi invictissimo, recepi in fratrem et protectorem hujus almæ societatis et, manu propriâ, paginæ sequenti nomen suum apposuisse, nobis sacræ majestati calamum ministrantibus in palatio archiepiscopali Tolosæ, die 23 mensis novembris, anno 1624, coràm celeberrimo principe D. D. de Joinville et J. Favier, dictæ societatis ceremoniarum officiorumque Magistro.

Signé : Duvergier, Ep. Vaurensis.

Favier, Mgr Ceremoniarum.

2° **Louis XIV.**

Nos, Simon de Peyronet, presbyter, sacræ theologiæ doctor, canonicus Ecclesiæ cathedralis Montalbanensis, rector parrochialis Ecclesiæ Beatæ Mariæ de Tauro, necnon in diocœsi ac provinciâ Tolosanâ prometropolitanus, fidem facimus et testamur quòd, anno 1659, Ludovicus XIV, Galliæ et Navarræ Rex christianissimus, Tolosam cùm venisset, Ludovici XIII, genitoris sui vestigiis inherens, ingenitâ, sibi quâ fulget, pietate, devotæ cœruleorum Pœnitentium sodalitati adscribi voluit. Undè anni ejusdem die 19ᵃ octobris, ipsi, ad ejus sodalitatis sacram Ædem adventanti, effusa sodalium multitudo, Cruce præeunte, continuâ serie, prodiit obviàm progressus ad templi foras, à nobis est aspersus aquâ lustrali; posteà in genibus procumbens, Crucem, quam ipsi osculandam obtulimus, demissimè adoravit. Indè in sacram Ædem, symphoniacorum concentibus resonantem, ingreditur et sanctissimo missæ sacrificio devotè astitit. Hinc, præeunte eodem sodalium agmine ac Magnatium turbâ, in odeum superius deductus est; ibi, ritè servatis quæ in nostris constitutionibus præscribuntur, allectus in fratrem nostrum est, ac nostræ sodalitatis saccum cœruleum humero impositum piè suscepit, nomenque gloriosum tabulis nostris suâ manu inscripsit, astantibus serenissimâ Annâ Austriacâ, ejus matre pientissimâ, Philippo Borbonio Duce Andegavensi, ejus fratre unico, Armando Borbonio Principe de Conti, aliisque summatibus, qui distinctius recensentur in narratione fusiori de his à nobis scriptâ Gallico idiomate. In cujus rei testimonium, hanc cartam manu nostrâ subscriptam et sigillo sodalitatis munitam dedimus Tolosâ, die XXIᵃ octobris, anno 1659.

Signé : Peyronet, Viceprior sodalitatis Tolosanæ Pœnitentium cœruleorum.

3° Ducs de Bourgogne et de Berry.

Nos, Franciscus de Catelan, presbyter, canonicus insignis Ecclesiæ abbatialis S^{ti} Petri Moyssacensis, in senatu Tolosano senator clericus, et regii Pœnitentium cœruleorum Tolosæ sodalitii ex-viceprior et censor, testamur et fidem facimus serenissimos Principes, Ludovicum ducem Burgundiæ, et Carolum Biturigum ducem, serenissimi Delphini filios, qui Tolosam advenerant die 14^a hujus mensis februarii, fraternæ ergà Philippum Quintum, Hispaniorum Regem, pietatis officio functi, ipsumque ad primos usquè Hispaniæ fines comitati, in fratres nostros adscribi voluisse, invictissimorum regum Ludovici Justi, piæ memoriæ, et Ludovici Magni, feliciter regnantis, atavi, avique sui, vestigiis inhærentes : quorum cùm pergratum illis fuisset augustissima nomina in hoc libro recognoscere, sua lubenter, multam ergà sodalitium nostrum benevolentiam demonstrantes, addiderunt, nobis calamum ministrantibus, oratione priùs coram illis habitâ, astantibus sodalibus quam plurimis, favente et magno cum studio introducente illustrissimo ac reverendissimo D. D. Archiepiscopo simul ac confratre nostro, Johane Baptistâ Michaeli Colbert; et hæc quidem acta in palatio ejus archiepiscopali, diebus XVI^a et XVII^a ejusdem mensis februarii : serenissimus dux Burgundiæ scilicet nomen suum propriâ manu adscripsit paginâ præcedenti die XVI^a; et similiter, posterâ die, dux Biturigum, paginâ sequenti; præsentibus inter cæteros Domino de Percin, Domino de Seil, vicepriore, Domino de Boyer, olim priori provinciæ Occitanæ, sindico generali, magistro Arnaldo Brocour, presbytero, sacris sodalitii præposito, et magistro J. F. Thouron, sodalitii sindico, qui hoc nostrum testimonium, in fidem, perennemque gestorum memoriam, nobiscum subscripsere. Tolosæ, die XX^a mensis februarii 1701.

Signé : de Catelan, Percin-Seil.

de Boyer, Brocour, Thouron.

4° Louis XV.

Nos, Josephus Franciscus Bégué, sacræ theologiæ doctor, Ecclesiæ parrochialis S^{ti} Sulpitii de la Pointe, quondàm rector, necnon Pœnitentium cœruleorum Tolosæ sodalitii viceprior, fidem facimus et testamur quòd Ludovicus XV, dilectissimus, Galliæ et Navarræ Rex, ingenitâ sibi, quâ fulget, pietate motus et felicis memoriæ Ludovici XIII et XIV prædecessorum suorum vestigiis inhærens, devotæ nostræ sodalitati adscribi voluit; quapropter in præsentibus tabulis nomen suum lubenter, multam ergà sodalitium nostrum benevolentiam demonstrans, manu propriâ ipse Rex, paginâ sequenti, inscripsit, die X^a septembris anni 1757. Undè, die vigesimâ sextâ octobris proximè sequentis, convocatâ præstantissimorum confratrum multitudine, missam majorem cum symphoniâ et musicâ solemniter celebrantes, rogatis et vocatis supremæ curiæ parlamenti senatoribus, viris capitolinis, aliisque omnium ordinum multis, præfatum dilectissimum regem Ludovicum, juxtà cæremonias in statutis præscriptas, reverenter in fratrem et protectorem recepimus. Hujus tantæ beneficentiæ extat apud nos celebris memoria in narratione fusiori, de his idiomate gallico scriptâ. In cujus testimonium, hanc cartam, manu, nostrâ subscriptam, dedimus Tolosæ, anno Domini 1757, die verò 26 octobris.

Signé : Bégué, viceprior.

5° Le Dauphin Louis (Louis XVI) et ses frères Louis-Stanislas-Xavier (Louis XVIII), Charles-Philippe (Charles X).

Nos, Johannes Baptista de La Tour Saint-Paulet, presbyter, Ecclesiæ Castrensis canonicus, in jure civili et canonico licentiatus, necnon regii Pœnitentium cœruleorum sodalitii viceprior, testamur et fidem facimus serenissimum et illustrissimum Principem Ludovicum, Augustum Galliæ Delphinum, Ludovici patris sui, piæ memoriæ, Delphini, necnon Ludovici XV, dilectissimi, Regis regnantis, avi sui, pietatem et exempla secutum, in fratrem nostrum adscribi et recepi voluisse. Quapropter, suam ergà sodalitium nostrum benevolentiam demonstrans, in presentibus tabulis, à nobis præsentatis, et nobis calamum ministrantibus, nomen suum lubenter, paginâ sequenti, propriâ manu ipse Delphinus scripsit. In cujus rei memoriam et fidem, manu nostrâ presentem narrationem, sub signo nostro, dedimus die et anno quibus infrà.

Testamur pariter quòd, eodem die, serenissimi et illustrissimi Principes, Ludovicus-Stanislaus-Xaverius, et Carolus-Philippus, supradicti Delphini amantissimi fratres, eamdem nostrum ergà sodalitium benevolentiam demonstrantes, suorumque illustrissimorum avi et genitoris vestigiis inhærentes, sequentibus paginis nomen suum, in fratres recipi cupientes, scripsere. Actum est hoc Compendiis, in palatio regio, præsentibus illustrissimis ac præstantissimis viris D. D. de la Vauguyon, duce et pari Franciæ, gubernatore et D. de Coestloquet, episcopo quondam Lemovicensi, præceptore; die XIIᵃ septembris 1767.

Signé : De La Tour Saint-Paulet, viceprior.

A. du BOURG,
Membre résidant.

Toulouse. — Imp. A. Chauvin et Fils.

37

www.ingramcontent.com/pod-product-compliance
Lightning Source LLC
Chambersburg PA
CBHW061426170626
46811CB00005B/2153